# CLÁ

20 n

Alicia en el país de las maravillas
Aventuras de Tom Sawyer, Las
Ben-Hur
Cabaña del tío Tom, La
Canción de navidad
Capitán de quince años, Un
Cid Campeador, El
Colmillo Blanco
Corazón, diario de un niño
Diario de Ana Frank, El
Dos años de Vacaciones
Frankenstein
Hijos del capitán Grant, Los
Hombrecitos
Huckleberry Finn
Ilíada, La
Isla del tesoro, La
Ivanhoe
Metamorfosis, La
Moby Dick
Mujercitas
Navidad en las montañas
Odisea, La
Oliver Twist
Periquillo Sarniento, El
Príncipe feliz, El
Príncipe y el mendigo, El
Principito, El
Quijote de la Mancha, El
Retrato de Dorian Gray, El
Robin Hood
Robinson Crusoe
Tres mosqueteros, Los
Último mohicano, El
Viaje al centro de la Tierra
Vuelta al mundo en 80 días, La

# COLECCIONES

Belleza
Negocios
Superación personal
Salud
Familia
Literatura infantil
Literatura juvenil
Ciencia para niños
Con los pelos de punta
Pequeños valientes
¡Que la fuerza te acompañe!
Juegos y acertijos
Manualidades
Cultural
Medicina alternativa
Clásicos para niños
Computación
Didáctica
New Age
Esoterismo
Historia para niños
Humorismo
Interés general
Compendios de bolsillo
Cocina
Inspiracional
Ajedrez
Pokémon
B. Traven
Disney pasatiempos
Mad Science
Abracadabra
Biografías para niños
Clásicos juveniles

Julio Verne

# Los hijos del capitán Grant

**SELECTOR**
*actualidad editorial*

**SELECTOR**
*actualidad editorial*

Doctor Erazo 120 Colonia Doctores 06720 México, D.F.
Tel. 55 88 72 72 Fax. 57 61 57 16

LOS HIJOS DEL CAPITÁN GRANT
Adaptador: Francisco José Fernández Defez
Colección: Clásicos para niños

Adapación de la obra original *Los hijos del capitán Grant* de Julio Verne
Diseño de portada: Rosa Mónica Jácome Moreno y Sergio Edmundo
Osorio Sánchez
Ilustración de interiores: Humberto Hernández Blancas

D.R. © Selector, S.A. de C.V., 2004
          Doctor Erazo, 120, Col. Doctores
          C.P. 06720, México, D.F.

ISBN-13:978-970-643-770-9
ISBN-10:970-643-770-3

Octava reimpresión. Agosto de 2010.

Sistema de clasificación Melvil Dewey

843
V55
2004      Verne, Julio; 1828-1905.
          *Los hijos del capitán Grant* / Julio Verne.—
          México, D.F.: Selector, S. A. de C.V., 2004.
          80 p.
          ISBN: 970-643-770-3

          1. Literatura. 2. Narrativa. 3. Novela

**Características tipográficas aseguradas conforme a la ley.**
**Prohibida la reproducción parcial o total de este libro**
**sin la autorización por escrito del editor.**
**Impreso y encuadernado en México.**
*Printed and bound in México*

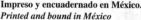

# Contenido

Prólogo..............................7

Un extraño mensaje....................9

A través de las cordilleras chilenas..15

Lobos y aves salvajes..................21

Rumbo a Australia......................29

Las sospechas de Mac Nabbs.......39

De marinero a bandido..................45

Sin esperanza.........................51

Entre caníbales........................55

Afortunado error......................67

La isla María Teresa..................73

# Prólogo

¿Te gustaría unirte a la tripulación del *Duncan* y viajar alrededor del mundo para encontrar al capitán Grant?

Sin duda, el reto no será nada fácil, pues innumerables aventuras esperan a nuestros amigos. Montañas, desiertos, selvas, temporales en el mar, tribus caníbales, e incluso los despistes de alguno de los miembros de la expedición.

Pero a pesar de todo, las muchas experiencias que podrás contar a tu regreso valdrán la pena. No cualquiera tiene el privilegio de surcar los mares acompañando a hombres tan valientes como Glenarvan, Mangles o el pequeño Robert Grant.

Embárcate sin perder un instante y prepárate para vivir fuertes emociones.

# Un extraño mensaje

Mientras el yate *Duncan* navegaba, su tripulación capturó un tiburón. El capitán Mangles ordenó registrar las entrañas del animal para ver si había algún objeto de valor en su interior. Lord Glenarvan, dueño del navío e importante político, su esposa lady Helen y el comandante Mac Nabbs estuvieron de acuerdo. En el vientre del tiburón se encontró una botella que contenía un mensaje roto en pedazos y escrito en tres lenguas diferentes.

Después de mucho trabajo, lograron reconstruirlo e interpretaron que procedía del capitán Grant, cuyo barco, el *Britannia*, había naufragado.

Se encontraba en algún lugar de la Patagonia junto a dos de sus marineros, y temía que los indios los hiciesen prisioneros.

En 1861, el capitán Grant había partido de Glasgow, en Escocia, y nada se había vuelto a saber de él. Lord Glenarvan puso un anuncio en los periódicos y a los tres días los hijos del capitán, Robert y Mary, de sólo doce y dieciséis años de edad, se presentaron en su castillo.

Como el gobierno no quiso destinar un barco para ir en busca de los náufragos, lady Helen y su esposo decidieron actuar por su cuenta. Así, el 25 de agosto de 1864, el *Duncan*, con

una tripulación de veinticinco hombres, comandados por el capitán Mangles, partía hacia los mares del Sur. Pero algo curioso sucedió al iniciar el viaje. Santiago Paganel, un geógrafo francés, tomó por equivocación el barco. Pretendía hacer una exploración por la India, pero le gustó la aventura que daba inicio y decidió viajar con la tripulación del *Duncan* hasta Concepción, en Chile, el punto de llegada.

Una vez en Concepción, le preguntaron al cónsul inglés por el *Britannia*, pero en aquel lugar nunca habían oído hablar de él.

# A través de las cordilleras chilenas

Paganel quiso ver el mensaje. En el papel se mencionaba algo del paralelo 37 de la costa americana. Desplegó un mapa sobre la mesa y señaló la región de los Andes, el río Negro y el Colorado, y dijo que posiblemente estarían en uno de aquellos lugares, a lo que lord Glenarvan dio órdenes de seguir la ruta. Él, Paganel, el comandante Mac Nabbs, Robert Grant, a petición propia, y tres marineros del yate, Austin, Wilson y Mulrady, recorrerían las cordilleras chilenas con la ayuda de unas mulas; el resto de la gente iría en el *Duncan* por la costa.

Los caminantes, con un capataz que contrataron para que cuidara de las mulas durante el recorrido por los Andes, empezaron su marcha el 14 de octubre. Al día siguiente llegaron a Alrauco y decidieron seguir un camino por donde pasaban los pastores, pero el peligro fue grande, pues estaba muy próximo a un volcán. Llegaron a un punto que las mulas no podían pasar, de modo que el capataz y los animales se quedaron y los tripulantes del *Duncan* continuaron solos.

De pronto, encontraron una choza que les sirvió de refugio durante la noche. Hacía tanto frío que tuvieron que buscar leña para hacer una hoguera, pero mientras dormían, unos estampidos despertaron a Glenarvan. Alarmado, comprobó que el suelo se movía y las paredes se resquebrajaban. Estaba amaneciendo y sus gritos despertaron a los demás. Las montañas parecían cambiar de posición y los viajeros no podían ni mantenerse en pie. Al rato regresó la calma, pero Robert Grant había desaparecido.

# Lobos y aves salvajes

Pasó la noche y todo el día siguiente, hasta que un grito de Mac Nabbs hizo que aquellos hombres vieran un cóndor que llevaba entre sus garras al niño. Por fortuna, un indio llamado Thalcave se había unido a ellos durante el camino y aprovechó el momento en que el ave reposó en el suelo para dispararle y acabar con su vida. Los demás recogieron al pequeño, que había perdido el conocimiento, y el indio lo curó gracias a un método tradicional.

Al pie de los Andes comienzan las Pampas argentinas. Los expedicionarios bajaron la montaña y acam-

paron en Neuquén. Al día siguiente prosiguieron el camino con la ayuda de unos caballos que Thalcave les proporcionó. Esperaban encontrar a alguien que les informara acerca del capitán Grant, pero nadie lo había visto.

Por delante había muchísimos kilómetros de llanuras secas y el sol que caía sobre aquel lugar era abrasador. No había agua por ningún lugar y tanto los caballos como los hombres sufrían para avanzar.

Al día siguiente llegaron al lago Salinas, pero por desgracia no pu-

dieron beber, pues estaba seco. La situación era grave y Thalcave propuso una solución de emergencia. Se separarían en dos grupos. El primero, con los caballos, seguiría el paralelo 37; el segundo, buscaría agua.

Glenarvan, Robert y Thalcave, que formaban el primer grupo, siguieron por el desierto y llegaron al río Guamini, donde encontraron agua para saciar su sed y prepararon alimentos para cuando sus compañeros llegasen. Thalcave construyó una especie de corral y se dispusieron a cazar algún animal. Aunque no había mu-

chos, lograron atrapar un armadillo y unas perdices. Comieron y se durmieron, aunque en la noche llegó el peligro. Se presentaron los aguarás, lobos rojos de la Pampa. Sorprendentemente, Robert subió al caballo de Thalcave y logró llevarse a las fieras muy lejos para salvar la vida de sus compañeros.

Otra vez todos juntos, caminaron los días 2 y 3 de noviembre hasta que llegaron a la provincia de Buenos Aires, pero tampoco encontraron noticias del capitán Grant, de modo que decidieron regresar al *Duncan* para continuar la búsqueda en barco.

# Rumbo a Australia

En el camino de regreso los sorprendió una terrible inundación y para salvarse tuvieron que trepar a las ramas de un árbol gigantesco. Mientras estaban allí, Paganel volvió a leer el mensaje y se dio cuenta de que lo habían interpretado de forma incorrecta. La palabra "austral" no quería señalar el Sur, sino Australia.

Ya en el *Duncan*, se despidieron de Thalcave y seguidamente se pusieron rumbo a Australia.

Paganel, enternecido por Mary, no dejaba de decirle que encontrarían a su padre y pronto estarían juntos. Pero cuando ya merodeaban las cos-

tas australianas, una horrible tormenta dañó varias partes del *Duncan* y se perdió algún tiempo en componerlo.

Inspeccionaron todos los puntos de la costa sin encontrar rastros del *Britannia*, pero Glenarvan no quería regresar a Europa sin revisar el cabo Bernouilli. A aquel lugar llegaron el 20 de diciembre. Pronto vieron un molino, y un hombre llamado Paddy O'Moore salió a recibirlos. Había nacido en Irlanda pero ya se consideraba australiano. Tanto la señora O'Moore como sus hijos atendieron con amabilidad a los viajeros.

Durante la comida, Glenarvan explicó el motivo de su visita al cabo Bernouilli, y Ayrton, un criado de Paddy, que escuchó la conversación, dijo que no había ninguna duda de que si el capitán Grant vivía todavía, estaba en Australia.

Ayrton se identificó como ciudadano escocés y añadió que él era uno de los náufragos del *Britannia*. Navegaban frente a la costa australiana, a 37 grados de latitud por la costa oriental y entonces ocurrió el accidente, pero no sabía si el capitán Grant vivía.

El criado, después de ser prisionero de los indígenas durante dos años, logró escapar y llegó a la casa de Paddy.

Una expedición de hombres, carretas y caballos, con Ayrton como guía, salió el 22 de diciembre hacia el lugar del naufragio. Mientras, Austin se encargó de llevar al *Duncan* a Melbourne para que repararan sus hélices dañadas.

El trayecto los condujo por lugares escondidos y hasta tuvieron la oportunidad de ver un tren descarrilado que unos ladrones habían desvalijado. A pesar de que Mac Nabbs des-

confiaba de Ayrton, el uno de enero de 1865 llegaron a una gran ciudad en la que había bancos, hoteles y minas.

Después de atravesar espesos bosques, encontraron un poblado llamado Seymour, el último punto antes de abandonar la provincia de Victoria. En un pequeño hotel descansaron y leyeron en el periódico que los asaltantes del tren eran treinta deportados que habían escapado de la penitenciaría de Perth, pero aún no los había atrapado.

# Las sospechas de
# Mac Nabbs

Días más tarde, estando de nuevo en la selva, un canguro atacó al pequeño Robert, pero Mangles, actuando con valor, salvó al niño de morir a manos del animal. Aquello no pasó desapercibido para Mary, que se enamoró del capitán.

El viaje continuó. Abandonaron la selva y se adentraron en las montañas. La subida era tan dura que antes de acabar el día murieron tres bueyes y tres caballos. Mientras descendían, Mac Nabbs seguía pensando que algo muy raro sucedía.

Al llegar la noche acamparon cerca del río Snowy. Convenía descansar para reanudar la marcha al día siguiente.

Al despertar, los animales habían desaparecido y más tarde los encontraron muertos y presa de los cuervos. Sólo se salvó un caballo herrado con herraduras de trébol.

Debían salir de aquella zona lo antes posible. Se hallaban a doscientos kilómetros de Melbourne y el lugar más cercano era Twofold. Pero era conveniente dirigirse hacia la costa para no tener que atravesar la región

más salvaje de Victoria. Ayrton se ofreció voluntario para ir a Melbourne y avisar al *Duncan* para que zarpara hacia Twofold. El criado conocía bien el terreno y con una carta firmada por lord Glenarvan se identificaría al llegar al barco.

Mac Nabbs, que había estado muy atento durante la redacción de la carta, en cuanto vio que Glenarvan le dictaba a Paganel el nombre de Ayrton, dijo que sería mejor poner el del bandido Ben Joyce. Lord Glenarvan dio un salto de sorpresa, pero cuando iba a pedirle explicaciones a Mac Nabbs, un disparo lo alcanzó y cayó al suelo.

# De marinero a bandido

Ayrton, al verse descubierto, hizo fuego con su revólver. Mangles y sus marineros se abalanzaron sobre él, pero el bandido logró huir y reunirse con sus compañeros, que esperaban en el bosque.

Helen y Mary curaron la herida de Glenarvan. Afortunadamente, no era nada grave. Mac Nabbs explicó cómo había descubierto la identidad del bandido. Cuando habían llegado a Seymour, el comandante compró el periódico y se enteró de todo lo relacionado con los fugitivos de Perth. Además, vio un anuncio en el que la policía ofrecía una recompensa por

la captura de Ben Joyce. Luego, ciertos comportamientos extraños le habían hecho sospechar del criado. Sin embargo, un hecho definitivo fue una conversación que Ayrton tuvo durante la última noche con sus compañeros, mientras los viajeros dormían. En ella decían que la idea de haber herrado a un caballo con herradura de trébol había sido brillante, pues era muy fácil seguir el rastro con aquella huella.

Mulrady fue el nuevo encargado de avisar al *Duncan*. Paganel miraba el nombre del periódico que tenía, el *Australian and New Zealand Gazette*. Algo pasaba por su mente y parecía no preocuparle nada más, hasta que

finalmente pronunció una frase que nadie entendió: "Aland, Aland, Zealand… Ya no tiene remedio".

Durante la noche, un tiroteo se oyó en el bosque. Los hombres dejaron el campamento para ver de qué se trataba y comprobaron que Mulrady se arrastraba entre las plantas. Joyce lo había apuñalado y le había robado la carta y el caballo.

Mac Nabbs dijo que la única manera de adelantarse a los bandidos era llegar lo antes posible a la bahía de Twofold. Pero era imposible cruzar el río, pues los ladrones habían destrozado el puente y el nivel de las aguas era demasiado alto.

# Sin esperanza

Finalmente, el 21 de enero las aguas comenzaron a descender y los viajeros construyeron una balsa con la que cruzaron el río. Después de varios días caminando, llegaron al punto donde debía encontrarse el *Duncan*, pero no estaba. Glenarvan telegrafió a Melbourne y recibió una triste noticia: su barco había zarpado con rumbo desconocido el día 18 de enero.

Tan sólo quedaba viajar a Melbourne y regresar a Europa, pero la mala suerte seguía persiguiendo a los expedicionarios. En Melbourne no encontraron pasajes disponibles hasta el mes siguiente. Entonces, Paganel propuso ir a Nueva Zelanda, ya que desde allí partía un buque hacia Europa.

Encontraron un pequeño barco, el *Macquarie*, que los podía llevar a Nueva Zelanda, aunque su capitán era un tipo bastante desagradable.

Después de varios días de lenta navegación, debida a que el capitán y los marineros del *Macquarie* siempre estaban borrachos, Mangles derribó al capitán Halley de un puñetazo y se hizo cargo del timón, pero una tormenta hizo que el barco embarrancara y los marineros y Halley huyeron en el único bote existente, de modo que no hubo más remedio que construir una balsa para llegar la costa de Auckland.

Pero un nuevo peligro aguardaba a los expedicionarios. Paganel advirtió a sus compañeros que aquellas tierras estaban plagadas de caníbales.

# Entre caníbales

Días más tarde, nuestros amigos se vieron en una canoa, atrapados por unos salvajes que poblaban la zona. Una persona iba sentada en la popa y ocho remeros trabajaban sin cesar. Sin duda, el que no hacía nada era un jefe maorí. En el centro, entre los remeros, iban los diez prisioneros amarrados por los pies. El jefe maorí, de nombre Kai-Kumun, es decir, "devorador de enemigos", condujo a los expedicionarios a su poblado. En cuanto llegaron, encerraron a los prisioneros en una choza, donde había colgadas varias cabezas de hombres muertos.

Ya entrada la noche, Kai-Kumun los llevó ante la presencia de Kara-Keté, quien parecía ser un jefe superior. Aquel hombre les explicó que los ingleses eran sus grandes enemigos porque habían arrasado sus campos y se habían llevado al gran mago Tohuga. Les advirtió que si no regresaban al mago con vida, ellos morirían. Pero lo que acabó de irritar a Glenarvan fue que Kara-Keté dijera que pensaba quedarse con Helen. Entonces sacó el único revólver que había podido esconder y le disparó al jefe maorí, que cayó muerto al suelo.

Los indígenas empezaron a gritar clamando venganza, pero Kai-Kumun,

que odiaba a su jefe, miró agradecido a Glenarvan y pronunció la palabra "tabú". Instantáneamente, los indígenas callaron y Paganel y Robert aprovecharon para escapar.

Varios días pasaron los prisioneros encerrados en la choza. Mary, creyendo que moriría, le confesó su amor a Mangles, y él le correspondió. Pero en aquel momento llegaron varios indígenas y llevaron a los prisioneros a una explanada para que presenciaran el funeral del gran jefe. Kai-Kumun le dijo a Glenarvan que moriría él también por haberlo matado.

Al finalizar el funeral, los maoríes condujeron a los aventureros a la

choza. Pero a las cuatro de la madrugada, Mac Nabbs oyó un extraño sonido que parecía el de un roedor. El comandante y Mangles escarbaron la tierra para ver de qué se trataba, y media hora después apareció la mano de Robert en el agujero. Debajo de la choza había una gruta y el pequeño había logrado llegar hasta allí, aunque no sabía nada de Paganel.

Escaparon por la gruta y a las cinco estaban al pie de una montaña nevada, desde donde vieron que en el poblado ya habían notado su fuga. Subieron hasta la cima, donde se hallaba Paganel, que comía con toda

la tranquilidad del mundo. Allí estaba la tumba de Kara-Keté y nadie se atrevería a molestarlos, pues era un lugar sagrado. Alrededor de la tumba había abundantes víveres, pólvora y armas, que los indígenas habían dejado como homenaje a su jefe muerto.

Debían pensar en un plan para huir, porque los maoríes tenían la montaña bien rodeada. La mañana del día 17 de febrero, Paganel tuvo una idea. Como aquella montaña era un volcán, aprovecharían los vapores subterráneos y la pólvora que ahí había, para provocar una explosión; así creerían que habían muerto y los maoríes se marcharían.

El plan surtió efecto, y después de varios días de caminar y comer raíces, los expedicionarios lograron llegar a Punta Lottin, a orillas del Pacífico. Se trataba de un fuerte derruido, pero la alegría les duró poco. Unos indígenas descubrieron su presencia y los persiguieron. Gracias a una canoa pudieron hacerse a la mar, pero los indígenas continuaron la persecución. De pronto, cuando creían que no podrían escapar, Paganel vio el *Duncan* gracias a su catalejo.

# Afortunado error

Por un lado, tres piraguas cargadas de salvajes; por el otro, el *Duncan*, en manos de Ben Joyce. Quien comandaba el *Duncan* era Austin, que disparó a los indígenas y pudo rescatar a sus compañeros.

En la carta que Ayrton le llevó, se le daba la orden de que zarpase hacia Nueva Zelanda. Todos se sorprendieron con el relato. Glenarvan ya le había dictado a Paganel que su barco debía dirigirse a Twofold, en Australia, pero el francés, que siempre estaba distraído, había escrito Nueva Zelanda. Gracias al error, Austin encerró a Ayrton en el calabozo, pues el ladrón se empeñaba en que el barco se dirigiera a Australia.

Entonces interrogaron a Ayrton sobre todo lo que sabía acerca del naufragio del *Britannia*. Ofreció explicar lo que conocía a cambio de que lo abandonaran en cualquier isla de donde no pudiera escapar.

Dijo que el 12 de marzo de 1861 zarparon de Glasgow y navegaron durante catorce meses por el Pacífico, pues el capitán Grant buscaba un lugar dónde fundar una colonia escocesa. Ayrton intentó sublevarse y el capitán lo desembarcó en la costa oriental de Australia el 8 de abril 1862, de modo que Ayrton no naufragó. Cerca de la penitenciaría de Perth se encontró con los presos que habían escapado y se hizo su jefe con el nombre de Ben Joyce. Luego fue a la

casa de Paddy O'Moore para esperar la oportunidad de robar algún barco.

El relato de Ayrton entristeció a Glenarvan y, los demás. Pero Paganel añadió que sabía algo, aunque no lo había dicho porque no quería desmoralizar a Robert y a Mary. Cuando leyó el *Australian and Zealand Gazette*, se fijó en la parte que decía "aland". En el mensaje de los náufragos, siempre habían traducido esa palabra por "tierra", cuando se refería a Nueva Zelanda. Luego, el geógrafo francés añadió que aunque lo hubiera dicho antes, no había solución, pues en los dos años transcurridos el capitán habría muerto en el naufragio o en manos de los maoríes.

# La isla María Teresa

La tristeza se apoderó de todos los miembros de la tripulación: era imposible encontrar con vida al capitán. Ya sólo quedaba abandonar a Ayrton en la isla María Teresa y regresar a Escocia.

Después de dos días de navegación, divisaron la isla pero no pudieron tomar tierra porque Mangles no se atrevía a merodear durante la noche aquellas costas desconocidas. Entonces pensaron que lo mejor sería desembarcar a Ayrton al llegar la mañana.

Cuando acabó la cena, todos se fueron a dormir, menos Robert y Mary,

charlaban en la cubierta acerca de su futuro, pero los alarmó un grito que provenía de la isla. Mary reconoció la voz de su padre. Los muchachos llamaron a Glenarvan y Mangles, y el primero decidió que por la mañana irían a la isla para inspeccionarla.

A medida que la canoa se acercaba, empezaron a ver claramente que había tres hombres que saludan con sus manos alzadas.

Al poner pie en tierra, los niños corrieron hacia el hombre del centro. Era Henry Grant, su padre, y los tres se abrazaron y se dieron infinitud de besos mientras lloraban de alegría.

Estando ya en el *Duncan*, lady Helen contó al capitán lo valiente que era su hijo y el amor que había surgido entre Mary y Mangles. El padre de los muchachos se puso muy contento e invitó a los viajeros a que antes de partir para su país visitaran la isla donde había vivido dos años. Después, dejaron a Ayrton en la isla y el *Duncan* partió hacia Escocia.

Meses más tarde, Mary y Mangles se casaron, Robert inició sus estudios para convertirse en marinero, y el capitán Grant siguió navegando con el fin de encontrar una tierra adecuada para fundar su soñada colonia escocesa.

Esta edición se imprimió en Agosto de 2010. Mexi Graph
Oriente 225 #232 Col. Agrícola Oriental México, D.F. 08510

# SU OPINIÓN CUENTA

**Nombre** ....................................................................................

**Dirección** ....................................................................................

**Calle y número** .........................................................................

**Teléfono** ....................................................................................

**Correo electrónico** ...................................................................

**Colonia** ............................................ **Delegación** ...................

**C.P** .............................. **Ciudad/Municipio** ............................

**Estado** ........................................ **País** ....................................

**Ocupación** ........................................ **Edad** .............................

**Lugar de compra** ......................................................................

## Temas de interés:

- ☐ *Negocios*
- ☐ *Superación personal*
- ☐ *Motivación*
- ☐ *New Age*
- ☐ *Esoterismo*
- ☐ *Salud*
- ☐ *Belleza*
- ☐ *Familia*
- ☐ *Psicología infantil*
- ☐ *Pareja*
- ☐ *Cocina*
- ☐ *Literatura infantil*
- ☐ *Literatura juvenil*
- ☐ *Cuento*
- ☐ *Novela*
- ☐ *Ciencia para niños*
- ☐ *Didáctica*
- ☐ *Juegos y acertijos*
- ☐ *Manualidades*
- ☐ *Humorismo*
- ☐ *Interés general*
- ☐ *Otros*

## ¿Cómo se enteró de la existencia del libro?

- ☐ *Punto de venta*
- ☐ *Recomendación*
- ☐ *Periódico*
- ☐ *Revista*
- ☐ *Radio*
- ☐ *Televisión*

**Otros** ........................................................................................

**Sugerencias** .............................................................................

**Los hijos del capitán Grant**

RESPUESTAS A PROMOCIONES CULTURALES
(ADMINISTRACIÓN)
SOLAMENTE SERVICIO NACIONAL

CORRESPONDENCIA
RP09-0323
AUTORIZADO POR SEPOMEX

EL PORTE SERÁ PAGADO:

# Selector S.A. de C.V.
**Administración de correos No. 7**
**Código Postal 06720, México D.F.**